PLUS DE CHARTE

OCTROYÉE!

PLUS DE NOBLESSE HERÉDITAIRE!

PAR L'AVEUGLE DU MARAIS,

(QUI N'Y VOIT QUE TROP CLAIR.)

Vétéran de l'intrigue, Escobar couronné,
Ton présent m'épouvante, il est empoisonné.
(PAGE 9.)

Salut, nuit mémorable, où, l'œil torve et sanglant,
Le dogue féodal expirait en hurlant.
(PAGE 20.)

Paris.

CHEZ LES MARCHANDS DE NOUVEAUTÉS.

AOUT 1830.

Explication nécessaire.

Les deux pièces que je rassemble ici furent
composées, la première au mois de février 1829,
la seconde au mois de février 1830. Au besoin,
j'invoquerais, sur ce fait, le témoignage de cin-
quante personnes; je n'en nommerai qu'une :
c'est M. Mérilhou, le patriote par excellence,
l'orateur homme de bien, *vir bonus dicendi peri-
tus.* Au retour de son dernier voyage, j'allai le
voir, et je lui déclamai ma philippique contre les
nobles. « Elle brûle du feu sacré, me dit-il avec
émotion; on ne peut avoir ni plus d'énergie, ni
plus de conscience; mais, comme jurisconsulte,
ajouta-t-il, je dois vous assurer que, si vous ambi-
tionnez le martyre, vous ne pouviez employer un
moyen plus sûr de l'obtenir. » Alors il me lut une

loi de 1822, parfaitement applicable dans l'espèce, et qui, tout en paraissant protéger les diverses classes de la société, ne protège, en effet, que le sacerdoce et le patriciat. De deux cents francs à quatre mille francs d'amende, de quinze jours à deux ans d'emprisonnement, aux écrivains qui tendraient à provoquer le mépris des classes : telle est cette loi d'iniquité, cette loi monstrueuse et ridicule. Une voie me restait ouverte, c'était de recourir aux presses de la Belgique ; j'allais le faire, lorsque la goutte vint me clouer sur mon grabat, pendant plusieurs semaines. J'étais à peine convalescent : le canon gronde, le sang coule à flots, les satellites *du tigre déguisé en capucin* mitraillent la capitale. Une population héroïque lutte trois jours entiers, combat, triomphe, et sa victoire n'est souillée d'aucun de ces actes de cruauté que j'ai vus si souvent se reproduire aux époques de 89, qui, cependant, eut bien aussi sa gloire. Hélas ! au profit de qui des milliers de citoyens ont-ils versé leur sang ? Osons le dire : au profit des intrigans, des ambitieux, d'une noblesse héréditaire à laquelle il importe fort peu que le monarque s'appelle Charles ou Philippe; au profit, soit plus tôt, soit plus tard, de ce clergé catholique que tant de cupidité, de bassesse et de crimes déshonorent depuis quinze ans.

L'opuscule qui va suivre immédiatement, intitulé *les Adieux du Défunt*, n'était destiné qu'à être lu sur ma tombe et à demi-voix. En consentant à se laisser tromper quelques instans comme au théâtre, où nous prenons pour OEdipe, César, Brutus, etc., les acteurs qui les représentent, on aurait trouvé peut-être assez neuf, assez piquant, que le défunt lui-même adressât la parole à son cortége. Quoi qu'il en soit, cet opuscule apprécie à leur juste valeur la Charte octroyée et le fourbe qui l'octroya : j'y rappelle des principes immuables, des vérités positives; je ne puis donc le croire inutile et moins encore le croire inopportun. Qu'importent cinq ou six moitiés d'alexandrins, en dissonnance avec l'état de choses qu'ont amené la dernière semaine de juillet et l'étrange impromptu d'une couronne ? Cela suffirait-il à détruire mes assertions que voici : « La Charte fut un crime dans son origine et dans ses combinaisons; la noblesse héréditaire est une insulte permanente au bon sens comme aux droits de la nation. » De ces faits évidens, quelles nombreuses, quelles graves conséquences ! Messieurs les députés, aviez-vous mission spéciale pour badigeonner à la hâte une mâsure infecte, une mâsure en ruines? Avez-vous respecté les limites de votre compétence? Que, dans son intérêt, celui de sa famille et le nôtre, votre nouveau monarque interroge la France. elle lui répondra par des acclamations universelles, par un assentiment unanime; elle lui décernera même une qualification plus haute : alors tout rentrera dans l'ordre, tout deviendra légal; et moi, vieux démocrate, incurable républicain, j'aurai le courage de m'écrier aussi : *Vive l'empereur des Français! vive Philippe!*

LES

Adieux du défunt.

Composés depuis 18 mois.

— ❖ —

O mes quelques amis! vous dont la bienveillance
A formé mon cortége et m'entoure en silence,
Souffrez, contre l'usage établi dans ce lieu,
Que le défunt vous dise un éternel adieu.
Mais, comme, au dernier gîte, on a la voix éteinte,
D'un écrit autographe où mon âme s'est peinte,
Un autre vous lira les deux ou trois feuillets :
Si je mens, qu'on m'éveille à grands coups de sifflets.

Dans cette vaste plaine où du brave Henri-Quatre
Le brave petit-fils un jour se laissa battre (1),
Au pied d'un grand rocher, merveille du canton,
Surgit une cité, Pierrelatte est son nom.

(1) C'est-là que l'ex-dauphin fut battu et pris par le général
Gilly, pendant les cent jours.

J'y naquis : et pourquoi ? Qu'ai-je fait sur la terre ?
A l'intrigue, à l'erreur, je déclarai la guerre,
Et de vils intrigans, des tartufes bien plats,
Ont marché sur ma tête, en riant aux éclats.
Je haïssais les rois, j'idolâtrais la France,
Navré de ses douleurs, palpitant d'espérance,
Au fond d'un gouffre ouvert par la fatalité,
Je m'écriais encore : *Patrie et Liberté !*
Quel bien leur ont produit mes civiques alarmes :
J'ai vu naître et périr la gloire de nos armes ;
Vingt peuples réunis rompre nos bataillons,
Et, pour comble d'horreur, le sceptre des Bourbons
Devenu le poignard qu'au sein de ma patrie,
Anglais, Russes, Germains, plongeaient avec furie.

Lorsque, tout radieux d'un titre solennel,
Le plus grand des héros et le plus criminel,
D'un peuple confiant fit un peuple d'esclaves,
Sous des lauriers du moins il cacha nos entraves :
Rien ne les cache plus. C'est peu d'être à genoux,
L'opprobre et le malheur sont descendus sur nous :
Souffrons, sans murmurer ; ils devaient y descendre.
Des projets avortés, faciles à comprendre,
Avertissaient la France, et la France deux fois
Implora lâchement le plus lâche des rois ;
Ce Xavier-Stanislas, en silence et dans l'ombre,
Essayant aux forfaits sa politique sombre,
Qui, la tête remplie et de prose et de vers,

Eut l'esprit d'un pédant, eut l'âme d'un pervers;
Et s'immolant enfin victime sur victime,
Apprit comme on restaure un trône légitime.
O vous qu'un vain prestige a long-temps éblouis,
A ses œuvres, Français, reconnaissez Louis!
Voyez avec quel art, quelle sollicitude,
Il fit du sein des loix jaillir la servitude;
Et comment, abrité d'un double mur d'airain,
Dans sa Charte et par elle, établi souverain,
Nos droits les plus sacrés, c'est lui qui nous les donne!
Les maux qu'il nous a faits, c'est lui qui les pardonne!
Vétéran de l'intrigue, Escobar couronné,
Ton présent m'épouvante, il est empoisonné!
Pour Tibère, aux enfers, sois un objet d'envie,
Les dix ans de ton règne ont égalé sa vie
Que ce Valois marqué d'un X avec un I,
De bassesse et d'orgueil exemple peu commun,
De son frère assassin, dévotieux et traître,
Descende au second rang, il a trouvé son maître.

Jours de 89, et si pleins et si beaux,
Vous nous aviez grandis en nous rendant égaux;
Du soldat imprudent qui brisa votre ouvrage
Sainte-Hélène a puni l'impardonnable outrage.
Mais ils nous sont restés, les vieux fils du blason,
Et ces nouveaux venus, timbrés *Napoléon*,
Presque tous, autrefois dignes de leur patrie :
Vilains, ils la servaient; nobles, ils l'ont flétrie.

Cependant ces cordons, ou bien ou mal acquis,
Ces brillans sobriquets de baron, de marquis,
Le bureaucrate en veut, l'industriel y songe,
Et le courtier-marron marchande son éponge;
Et l'éloquent tribun, que j'applaudis un jour,
Va prendre le chemin qui mène au Luxembour.
Ainsi, pour s'affaiblir, pour cesser d'être reine,
La France a dans son sang reporté la gangrène :
L'arbre meurt, la carie en dévore le tronc.
O mes quelques amis, félicitez-moi donc !
Des mitres, des plumets l'aspect vous importune,
On en est délivré dans la fosse commune!.....

LES NOBLES,

SATYRE POLITIQUE,

COMPOSÉE DEPUIS SIX MOIS.

Canibus pigris, scabiæque vetustâ,
Lævibus et siccæ lambentibus ora lucernæ
Nomen erit pardus! Leo! tigris!....

JUVEN., sat. 8.

Allocution préparatoire.

Plus que septuagénaire, aveugle, moribond, écrire une satyre politique où je soulève des questions d'une imposante gravité, des questions pivotales, c'est trop compter, peut-être, sur les inspirations d'un ardent patriotisme, sur les vieilles convictions de ma conscience. Au reste, comme avant d'essayer un seul hémistiche, j'avais eu soin de me faire et de résoudre toutes ces questions, je crois devoir aussi les énoncer sommairement en tête d'un écrit qu'elles motivent et justifient.

La noblesse française est-elle pure dans sa source? — Non.

Trouvons-nous dans nos annales, qu'à telle ou telle époque, elle ait sauvé la patrie? — Non.

Que faut-il entendre par le mot patrie? — Le sol natal et la masse de la nation qui l'habite.

Si, de force ou de gré, la masse se transplantait hors du sol natal? — La patrie serait alors sur le sol de la transplantation.

S'il n'y avait de transplantée qu'une portion du tout, en pourrait-on dire autant? — Évidemment non.

Si cette portion s'armait contre le tout, serait-ce s'armer contre la patrie? — Évidemment oui.

Quelle a été la cause principale de la révolution et de ses excès? — Le cynisme du patriciat; en d'autres termes, l'orgueil, l'avidité des nobles, leurs machinations, leur scandaleuse résistance au vœu national.

Où sont les preuves de ces graves imputations? — Dans la simple chronologie des faits, dans l'ordre numérique de leurs dates, à partir seulement de l'ouverture des états-généraux.

D'où pouvons-nous plus spécialement inférer que les nobles trompèrent Louis XVI? — De sa tentative pour aller les rejoindre.

Supposé que la nation presque entière s'obstine à méconnaître la droiture et l'habileté de son roi constitutionnel, quel parti doit prendre ce dernier? — Dans cette hypothèse extrême, il n'a plus qu'à descendre du trône.

Eh quoi! la défense et l'exercice de ses droits lui seraient interdits? — Un roi constitutionnel n'a point de droits à exercer, il n'a que des devoirs à remplir.

Des cris d'anathème accueilleront cette doctrine. — Elle n'en mourra point (1).

______

(1) Dans son gros livre intitulé *mes Pensées*, M. de Bonald, pair de France, s'exprime ainsi :

« L'état de roi, c'est le devoir de gouverner; l'état de sujet,
» c'est le droit d'être gouverné. Le sujet à le droit d'être gou-
» verné, comme un enfant d'être nourri. C'est dans ce sens que
» les peuples ont des droits et les rois des devoirs. »

D'un tableau comparatif de la révolution et de nos deux restaurations, indiquant avec justesse l'intensité des crimes, c'est-à-dire par quelle impulsion, de quelle manière et dans quel but ils ont été commis : d'un tel tableau, que résulterait-il? — La pose du chiffre supérieur à la seconde colonne.

Ignorez-vous l'article 71 de la Charte, lequel recrépit les vieilles armoiries, leur associe les nouvelles, et fait du prince un habile alchimiste? Ne manquez-vous pas de respect à cet article? — C'est au contraire lui qui ne respecte ni ma qualité d'homme, ni mes droits de citoyen ; c'est lui qui m'insulte en énonçant formellement que le monarque *fait des nobles a volonté*, comme Cali-

Les peuples (toujours mineurs, suivant le profondissime M. de Bonald) voulant être bien gouvernés et l'être constamment bien, il s'ensuit qu'envers eux, les devoirs, les obligations du royal tuteur ne cessent jamais et qu'en ne les remplissant pas, il se démet, il se destitue lui-même; ai-je dit autre chose? L'assertion du nobilissime pair et la mienne ne sont-elles pas identiques? Voyez à quelle muraille de granit je me suis adossé.

gula faisait un consul. Des nobles à volonté! Il y a là plus qu'une burlesque anomalie, plus qu'une absurdité compacte; on s'y permet d'avilir l'espèce humaine tout entière : je n'excepte pas les nobles eux-mêmes. Si le roi les fait à volonté, c'est-à-dire au hasard, suivant ses préventions ou son caprice; s'il les décore, s'il les distingue à volonté, que peuvent avoir de flatteur, pour l'amour-propre, des créations, des distinctions arbitraires?

Mérités ou non, des titres, des cordons, des plaques, changent-ils la nature de nos droits, celle de nos devoirs? Devant la loi, tous les Français sont égaux. — Erreur grave, très-grave, que je combats dans les vers suivans. Résignez-vous à les lire ou jugez-moi sans m'entendre.

Les Nobles.

Debout encore un jour, sur le seuil de ma tombe,
Vite, aux dieux infernaux offrons un hétacombe ;
Subalternes tyrans, vieux fléaux des humains,
C'est vous qu'immoleront mes vers républicains ;
C'est vous. Un preux, un brave aux luisantes moustaches,
Brisant, comme le verre, et casques et rondaches :
Voilà ceux que Bellone ennoblit les premiers !
Eh bien, soit, j'aime un front ombragé de lauriers ;
Mais la place d'honneur qu'un héros à conquise,
La transmettre à ses fils : c'est abus, c'est sottise.
Le hasard ni le sang ne font les demi dieux,
On est grand par soi même, et non par ses aïeux.

Salut, sénat auguste, immortelle assemblée,
Que d'autres ont suivie et n'ont point égalée !
Salut, nuit mémorable, où l'œil torve et sanglant,
Le dogue féodal expirait en hurlant !
Au jour qui reparut éclatant de lumière,
La France voit le monstre épars sur la poussière :
Elle est libre, elle est reine, elle a brisé ses fers !
De longs cris de victoire ont sillonué les airs.
Tremblottant sous leurs dais, les despotes pâlirent,
Aux Champs-Élyséens, nos ayeux tressaillirent :
Des stigmates nombreux dont ils furent flétris
L'opprobre héréditaire à cessé pour leurs fils !
    Tu vas te récrier, publiciste sublime :
« Un trône sans marquis, gravite vers l'abîme ;
» Il faut, pour l'affermir, dans sa base et ses droits ;
» Il faut de roitelets environner les rois. »
Oui, les rois enchaînés à leurs vouloirs suprêmes,
Les rois qui peuvent tout, et n'ont de frein qu'eux-mêmes.
Quel entourage, encor ! quels étais vermoulus !
Le fer s'y plonge...., Adieu, monarques absolus.
Mais un prince éclairé, jaloux de notre estime,
Au contrat solennel qui le fit légitime,
Obéissant lui-même, afin d'être obéi,
Dans l'intérêt public a son plus ferme appui.
Qu'il ne craigne jamais d'affronts à sa couronne,
Celui qui rend heureux le peuple qui la donne ;
Celui qui, resté sourd à des vœux importuns,
Règne au profit de tous, et non de quelques-uns.

Aux yeux d'un tel monarque, aimé sans imposture,
Il n'est point de noblesse, il n'est point de roture.

Dieu me garde, pourtant, qu'aux nobles d'autrefois
Je veuille contester de glorieux exploits ;
Je sais que, s'élançant de leurs vieilles redoutes ,
Ils couraient détrousser les passans sur les routes ;
Vauriens de père en fils, entr'eux toujours aux mains,
Ou marchant réunis contre leurs suzerains,
Vendant à l'étranger de coupables services,
Hébétés d'ignorance, et d'orgueil et de vices.
On se souvient un peu de l'anglais Henri six ;
Et plus tard, quel accueil au plus grand des Henris!
Et le saint roi martyr! ils allèrent l'attendre ;
Ils surent le tromper, et jamais le défendre!
Jamais! ô race impie ! et de ces courtisans
Du malheur de Louis ténébreux artisans,
Les fils dont l'égoïsme à comblé nos misères,
Osent nous accuser du crime de leurs pères!

Enfin, l'éloge arrive, écoutez, écoutez!
Puissans régulateurs de nos prospérités,
A la gloire, ou du moins sur les champs de bataille,
Long-temps les nobles seuls ont conduit la canaille.
Qu'un gentilhomme naisse amiral, colonel,
Comme on naît homme ou femme, Ajax ou Canuel,
C'est un fait positif et de Bonald l'atteste.
Aussi je conçois mal, dans ma candeur modeste,
Comment d'obscurs vilains, de novices soldats,
Naguère terrassaient les géans des combats ;

Naguère, à des marquis arrachaient la victoire :
Les marquis n'ont donc point un pacte avec la gloire !
  Oh, je suis peu jaloux d'égayer mon pinceau,
Broyons d'autres couleurs pour un autre tableau.
  Sois éternellement exécré sur la terre,
Toi qui vins l'assourdir du bruit de ton tonnerre,
Toi qui, d'un nom pompeux voilant tes cruautés,
Dévora nos enfans, nos droits, nos libertés.
La plus triste pour nous, de tes tristes journées,
Waterlo ne l'est point, homme des destinées ;
La Grève, au conquérant dut ses solennités,
Lorsque rendant la France à ce joug qui la blesse,
Ton orgueil s'écria : *Je veux une noblesse.*
Tu la veux ! à tes pieds elle rampe soudain ;
L'Altesse se prosterne en tombant de ta main ;
Le duc court éveiller sa femme qui sommeille,
Duchesse au point du jour, et Jeanneton la veille.
Tes visirs, tes pachas, trimbrés *Napoléon,*
Tu les débaptisais ! Dans quel but ? à quoi bon !
De leur nom paternel affranchir leur mémoire,
C'était brouiller la notre et fatiguer l'histoire.
Sous Feltre, saura-t-on si Clarke était caché,
Si l'infâme d'Otrante est l'infâme Fouché ?
Cet autre jacobin, l'argus de la roquille (1),
Tu pouvais le changer en duc de la courtille :
Dans sa métamorphose, aurait-on signalé

(1) Français de Nantes.

Le *Cimex* aplati dont Horace a parlé ?
Deux ou trois citoyens que j'honore et j'estime,
Aux grandeurs arrivés, sans intrigue, sans crime,
Hélas ! n'ont-ils pas vu leur majorat honni
Subir le rire épais de messire *Appony* ?

Je ne décide point entre nos deux noblesses,
Laquelle passe l'autre, en replis, en souplesses ;
Laquelle encensait mieux le Jupiter des Francs,
Tant qu'il fessa du pied les dieux ses concurrens.
Aux jours de l'infortune, aux jours de l'avarie,
Toutes deux l'ont trahi sans servir la patrie.

Quel est donc le vieillard, au front majestueux,
Qui contemple de loin ce spectacle hideux ?
Grand dans l'adversité, sage dans la victoire,
Des chaînes, des lauriers, ont proclamé sa gloire.
A ses jours pleins d'honneur, pleins d'utiles travaux,
Le fleuve où tout périt n'ouvrira point ses flots ;
Et la libre Amérique et sa triste patrie
Le retrouvent le même aux bornes de la vie.
Vers le Gange ou l'Indus, sous un ciel toujours pur,
Ainsi l'astre fécond qui verse la lumière,
Comme il l'a commencée, achevant sa carrière,
Colore l'horison de rubis et d'azur.

Des civiques vertus vous montrer le modèle,
C'est avoir défini la noblesse réelle ;
Hausse-toi comme lui, fils du grand citoyen,
Sois noble pour ton compte, il le fut pour le sien.
Sous le niveau des lois, sous leur absolutisme,

Je veux que les vertus, les talens, l'héroïsme,
Doublent pour quelques-uns les droits communs à tous.
Altesses, ducs, barons, répondez, êtes-vous
Des guerriers dont l'audace a sauvé la patrie?
D'utiles créateurs d'une vaste industrie?
D'illustres magistrats, d'immortels écrivains?
Pourquoi donc tant d'orgueil? Pourquoi ces titres vains?
Ogres du milliard, caste du privilége,
Qu'aucun beau souvenir n'honore et ne protège;
La France, que le crime a mise à vos genoux,
La France peut encore s'écrier : « Levons-nous. »
    Qu'ai-je dit? Étouffons ce cri que l'on redoute;
De Londres, de Coblentz, ils connaissent la route;
De l'Elbe aux Apennins, du Tage au Tanaïs,
Leur patrie est partout où l'on hait leur pays.
Contre nous de vingt rois provoquant les attaques,
Ils reviendraient bientôt, cuirassés de cosaques;
Alors, banquet nouveau que nous pairions plus cher;
Sur nous, sur nos enfans, tous les maux de l'enfer.
Mais le pire de tous n'est-il pas l'infamie?
N'est-il pas de ployer sous la caste ennemie
Qui ramenée à peine au sein de ses foyers,
Aida l'Europe entière à salir nos lauriers?
    Eh, mon dieu! dira-t-on, laissez-là, cette caste,
Avec ses sobriquets, son placage et son faste;
On se rit aujourd'hui des seigneurs sans vassaux.
Leur honneur le plus grand, c'est d'être nos égaux.
Écussons, parchemins, burlesque vieillerie,

Plus de patriciat , sinon dans la pairie ;
Certes , c'est bien assez ! — Quelle funeste erreur !
Quoi , des postes brillans cet ordre accapareur ,
Ces charlatans titrés dont le Louvre foisonne,
Bloquant , bien mieux qu'Alger, le Monarque et le trône ;
Je les signalerais , sans tressaillir d'horreur !
Ils n'ont donc plus pour eux , et les vents et Neptune,
Ils n'exploitent donc plus la publique infortune !
Pardonnez.... je tâtonne.... autour de mon tombeau ,
Si l'on trompe un vieillard , ce trait n'a rien de beau.
Mais partout j'entends dire, et le redire encore ,
C'est par eux et pour eux que le fisc nous dévore.
   Inutile leçon du malheur et du temps ,
On souffre et l'on s'endort sous le pied des Titans !
Français , oubliez-vous ces longues saturnales
D'agens provocateurs, de juges cannibales.
Ces cachots repeuplés , ces listes de bannis ,
Ce ramas d'assassins tous restés impunis ?
Entre eux et l'échafaud quel pouvoir s'interpose ?
Qui protégea les lieux ou *Trestaillon* repose ?
Trestaillon.... Le sang coule à Marseille, Avignon ,
Et Thémis de sa toge à couvert *Trestaillon* !
Le Rhône voit s'ourdir plus d'un complot sinistre.
Chabrol a laissé faire, il est deux fois ministre.
Des rives du Haut-Rhin , paisibles habitans ,
Dites de vos ultras les joyeux passe-temps ,
Dites comme en un jour, leur tactique savante
Atteignit , surpassa ce Bourmont qui se vante.

Il se vante! Et Mangin, Peyronnet, Bénévent
En firent beaucoup plus, sans se vanter autant.
Allons, fiers paladins, nos vainqueurs sans combattre,
Hurlez Vive le Roi! hurlez Vive Henri-quatre!
Clémence, oubli, concorde! à ces cris menaçans,
De la haine implacable agitez les serpens.
La France, c'est vous seuls, nous sommes les parjures :
Espions, espions d'immortelles injures,
Otez-nous nos emplois, et du soir au matin,
Des bureaux épurés faites votre butin.
Nous jeûnons! C'est trop peu! novembrisez; courage!
Au centre de Paris apportez le carnage.
Laissez-les s'amuser vos gendarmes bénis,
J'ai lu sur leur drapeau, *Montjoie et Saint-Denis.*
Franchet et Delavau, puissans foudres de guerre,
Qui peut vous égaler....? C'est toi, Clermont-Tonnerre.
   Ceints des noires vapeurs qui chargent l'horizon,
A peine ai-je ébauché les Marats du blason;
De Lille à la Réole, et de Brest à l'Isère,
Leurs mains ont accouplé le deuil et la misère.
Par trois lustres entiers d'infamie et d'horreur,
Ils se sont aguerris à de nouveaux outrages,
Wellingthon nous destine à d'éclatans naufrages!
Wellingthon de la France insolent protecteur!
Dieu juste! Dieu puissant, accueille ma douleur!
Sur ceux dont le génie a conçu tant de crimes,
Tombe, retombe un jour tout le sang des victimes.

Allocution complémentaire.

Parmi les nombreux athlètes qui m'ont précédé dans la lice où je combats, j'en citerai deux d'une grande renommée, dont au besoin l'exemple et l'autorité serviraient à me justifier (1). Il ne dépendait pas de moi de les égaler en force; je pouvais surpasser l'un d'eux en courage, l'ai-je fait? Décidez.

A Juvénal appartient, selon moi, le sceptre de la satire. Ce qu'on a l'habitude d'appeler *sa mordante hyperbole* me semble être l'accent vrai d'une indignation courageuse. De là ce luxe d'images,

(1) Ce sont Juvénal et Boileau.

cette profusion de verve, cette intarissable abon-
dance qui le caractérisent. Pour avoir osé s'atta-
quer au favori de Domitien, l'histrion *Paris*, il
passa dix années sous le ciel brûlant de la Lybie.
Après la mort du brigand légitime, il revint à
Rome; il y revint avec son audace, ses talens et
sa probité. Que bien d'autres lui préfèrent Horace,
poète courtisan, plus poli, plus enjoué, je ne
condamne point leurs prédilections; mais je garde
les miennes.

Sans combattre à force ouverte l'institution de
la noblesse, Boileau regrette toutefois les temps
d'innocence et de conscience qui la précédèrent;
il déplore, il maudit les temps qui la suivirent,
parce qu'alors

> Le mérite avili
> Vit l'honneur en roture et le vice ennobli.
> . . . .
> Une vaine folie enivrant la raison,
> L'honneur triste et honteux ne fut plus de saison.

Au reste, cette noblesse de l'individu, la seule

que le bon sens admette, notre satirique en rend
l'acquisition facile ;

> Du zèle pour l'honneur, de l'horreur pour le vice,
> Respectez-vous les lois, fuyez-vous l'injustice ?
> Savez-vous, pour la gloire, oublier le repos,
> Et dormir en plein champ le harnais sur le dos ?
> Je vous connais pour noble, à ces illustres marques.

Nous voilà, grâce au ciel, avec un assez bon
nombre d'ennoblis ; car très-certainement il y a
encore d'honnêtes gens. Les quatorze armées de
la feue république étaient aussi toutes nobles,
puisqu'elles surent oublier le repos pour la vraie
gloire, celle de défendre la patrie.

Au nombre de ceux qui la défendent, je mets
également ceux qui l'éclairent, ceux qui lui don-
nent ou lui conseillent des institutions meilleures ;
par conséquent, j'ai dû saluer du cri de la recon-
naissance la première, en tous sens, de nos repré-
sentations nationales ; j'ai dû rappeler à votre souvenir la nuit du 4 août 1789, la nuit de justice
et d'enthousiasme, la nuit glorieuse.

Une particularité saillante, devenue depuis 40

ans le patrimoine de l'histoire, et qui vint accroître l'intérêt de cette mémorable séance, c'est que l'autodafé du patriciat fut demandé par un Montmorency. Mathieu (c'est son nom baptismal), jeune alors et palpitant de l'amour de la patrie, dressa de ses propres mains le bûcher des écussons, parchemins, crachats, rubans de toutes les largeurs. Hélas ! on ne songea point à disperser la cendre. J'ai vu le dogue renaître et je l'entends nous aboyer encore. Mathieu lui-même se repentit plus tard d'avoir été noble une fois en sa vie; il en fit ses excuses en public, il les fit à ses ancêtres, et redevint Montmorency. Ses ancêtres!!! Voyez nos chroniques, voyez Dulaure :

Ils couraient détrousser les passans sur les routes.

Je viens d'ébrancher l'arbre héraldique, je laisse au pied ma coignée. Restera-t-il debout? Je le crains. La génération qui s'élève aura-t-elle à s'écrier aussi :

C'est par eux et pour eux que le fisc nous dévore.